48
Lb 8.

LA TERREUR BLANCHE

ET

LES BOURBONS

1815-1816.

Ils pleuraient, quand nous nous réjouissions;
leurs joies ont commencé avec nos douleurs !

(Le général FOI.)

Prix : cinq centimes.

EN VENTE A PARIS

Chez P. MARTINON, rue du Coq-Saint-Honoré, 4.

Le 18 juin 1815, la France venait de tomber frappée au cœur dans les plaines de Waterloo; le lendemain, le *Journal de Gand*, organe de la petite cour de Louis XVIII et rédigé par M. GUIZOT, contenait les lignes suivantes :

« La journée du 18 juin a terminé de la manière la plus heureuse pour les alliés la lutte sanglante et opiniâtre qui durait depuis le 15. L'audace de l'usurpateur, son plan d'agression, médité avec une longue réflexion, exécuté avec cette activité dévorante qui le caractérise et que redoublait la crainte d'un irréparable revers, *la rage féroce de ses complices, le fanatisme de ses soldats, leur bravoure digne d'une meilleure cause, tout a cédé au génie du duc de Wellington, à cet ascendant d'une veritable gloire sur une détestable renommée. L'armée de Buonaparte, cette armée qui n'est plus française que de nom depuis qu'elle est la terreur et le fléau de la patrie, a été vaincue et presque anéantie!* »

Trois jours après, Louis XVIII et ses courtisans quittent Gand, traversent ces plaines couvertes des cadavres de nos soldats, nos campagnes pillées et ensanglantées par les alliés, et, de Cateau-Cambrésis, le roi lance une proclamation où l'on remarque le passage suivant :

« *Aujourd'hui que les puissants efforts de nos alliés*
« *ont dissipé les satellites du tyran,* nous nous hâ-
« tons de rentrer dans nos États pour y rétablir
« la constitution que nous avons donnée à la
« France, récompenser les bons et *mettre à exé-*
« *cution les lois existantes contre les coupables.* »

Voilà sous quels auspices les Bourbons rentraient en France ; voilà en quel langage ils annonçaient leur joyeux avènement; — malédiction sur les braves qui avaient versé leur sang une dernière fois pour sauver l'indépendance de la patrie; menaces, haine et vengeance contre les patriotes qui avaient survécu au désastre de Waterloo.

Pour amener Louis XVIII, sinon à des sentiments plus patriotiques, du moins à un langage moins imprudent, il fallut que les alliés intervinssent entre les Français et le roi de France; il fallut que Wellington lui-même lui écrivît :

« Il est essentiel que Sa Majesté se fasse pré-
« céder par quelque document qui annonce ses
« intentions de *pardon* et *d'oubli*, et qui pro-
« mette de marcher dans les voies de la Charte. »

Alors Louis XVIII publia une nouvelle proclamation, doucereuse et bénigne; elle promettait une amnistie, dont étaient seuls exceptés *les instigateurs et auteurs du retour du 20 mars.* Nous verrons comment cette parole royale fut tenue (1).

(1) Dans cette proclamation, Louis XVIII faisait remarquer *qu'il n'avait pas permis qu'aucun prince de sa famille pa-*

rût dans les rangs des étrangers. Ces princes en avaient-ils manifesté le désir? Dans tous les cas, les alliés ne se souciaient guères sans doute d'avoir parmi eux des combattants comme ceux-là. On se rappelle que le comte d'Artois, après avoir reçu de l'impératrice de Russie une riche épée, et juré publiquement de s'en servir pour reconquérir le royaume de son frère, avait refusé obstinément de descendre sur les côtes de la Vendée, dont ses promesses de coopération avaient hâté l'insurrection. On sait que vainement le commandant anglais du vaisseau qui l'apportait joignit ses instances à celles des Vendéens, pour le déterminer à débarquer : rien ne put vaincre sa terreur. Ce fut à cette occasion que le chef de l'insurrection Vendéenne, CHARETTE, écrivit à Louis XVIII la lettre suivante :

« Sire ,

« *La lâcheté de votre frère a tout perdu.* Il ne pouvait paraître sur cette côte que pour tout perdre ou tout sauver. Son retour en Angleterre a décidé de notre sort ; aujourd'hui il ne nous reste plus qu'à périr inutilement pour le service de votre majesté. »

CHARETTE. »

CHARETTE fut pris et fusillé quelques mois après.

Voilà pour quels hommes la France a été inondée de sang.

Le duc d'Orléans (depuis le roi Louis Philippe) montra plus de courage, mais encore moins de patriotisme, quand il écrivit à Wellington, vainqueur de nos soldats en Espagne, pour lui demander un commandement : il fut repoussé dans ses prétentions, et n'obtint, ni de Wellington, ni des Cortès, l'honneur de verser le sang français. Ce fut, dit-on, l'ambassadeur d'Angléterre qui mit opposition à sa demande : il ne se doutait pas que le prince qu'il repoussait ainsi serait un jour l'ami le plus dévoué de l'Angleterre.

Elle fut tenué comme toutes les paroles de prince, comme toutes ces promesses de prétendants, auxquelles le peuple a encore la bonhomie de se fier.

Le 8 juillet 1815, Louis XVIII rentrait aux Tuileries, occupées par les Prussiens, qui y bivouaquaient avec leurs canons, mèche allumée.

Le 24 juillet, une ordonnance du roi renvoie devant les conseils de guerre dix-neuf militaires, coupables d'avoir défendu la France contre les Cosaques et les Bourbons. Dans cette liste on remarque : Ney, Labédoyère, les frères Lallemand, Drouet - d'Erlon , Brayer, Mouton - Duvernet, Grouchy, Clausel, Delaborde, Bertrand, Drouot, Cambronne, Lavalette, Rovigo, etc.

Trente-huit doivent quitter Paris, et attendre, sous la surveillance de la police, que l'on ait statué sur leur sort.

Les exécutions commencent.

Le 19 août, le jeune et intrépide Labédoyère est fusillé : il avait d'abord réussi à s'échapper ; mais avant de quitter cette France, qu'il avait si vaillamment défendue, il veut embrasser une dernière fois sa jeune femme ; il vient à Paris. Un traître le livre à M. Decazes, alors ministre de la police (1) ; il est jugé et condamné. Sa jeune femme éplorée va se jeter aux pieds de Louis XVIII, en criant : « *Grâce ! sire, grâce !* — « Madame, répond le roi, je regrette de vous « refuser ; je ne peux qu'une seule chose pour « votre mari ; *je ferai dire des messes pour le repos* « *de son âme.* »

Au moment où cette scène se passait au château, Labédoyère tombait, à la plaine de Grenelle, sous des balles françaises.

Il avait été condamné aux frais du procès :

(1) Nommé depuis grand-référendaire par Louis-Philippe.

l'état, présenté par le fisc à Mme de Labédoyère, contenait cet article :

« Pour gratification aux douze soldats chargés de « l'exécution, à raison de 3 francs par homme, 36 « francs. »

La veuve fut obligée d'acquitter cette dette du martyr à ses bourreaux.

Lavalette est accusé de s'être emparé violemment au 20 mars de la direction des postes : un seul témoin l'accuse formellement, ce témoignage est démenti par deux garçons de bureau qui avaient assisté à la visite de Lavalette aux postes. Lavalette est condamné à mort. Sa femme pénètre dans sa prison; de même taille que son mari, elle échange ses vêtements contre les siens. Lavalette sort de la prison à la faveur de ce déguisement. Trois officiers anglais (3) l'aident à quitter la France; trois étrangers l'arrachent à la haine implacable des Bourbons.

Michel Ney, le héros de la Moskowa et de cent batailles, comparaît devant un conseil de guerre composé de ses anciens frères d'armes. Le prési-

(3) M. M. Bruce, Hutchinson, et Robert Wilson.

dent du conseil, désigné par le roi, le brave maréchal Moncey, se récuse, et refuse de juger son compagnon de gloire : une ordonnance du roi répond à ce noble refus par l'arrêté suivant :

« Le maréchal Moncey est destitué ; il subira une peine de trois ans d'emprisonnement. »

Néanmoins, le conseil de guerre se déclare incompétent : Ney comparaît devant la Cour des Pairs.

Il est protégé par l'article XII de la capitulation de Paris, par le traité du 20 novembre dernier ; n'importe, Ney est condamné pour n'avoir pu résister à l'entraînement de ses soldats, à la vue de leur Empereur et de leurs aigles tant de fois victorieuses ; il est condamné pour n'avoir pas tenté de lutter avec quatre bataillons contre 14,000 hommes commandés par Napoléon.

Son principal accusateur fut le traître de Waterloo, Bourmont ! Un incident de ce procès mérite d'être rapporté.

Bourmont déclare que la lecture de la proclamation de Ney aux soldats leur a fait crier à tous : *Vive l'Empereur !* Les officiers, ajoute ce délateur, en étaient consternés.

— « Eh bien ! lui dit le défenseur de Ney, vous au moins, avez-vous répondu à ces cris par celui de *vive le Roi?* »

— Un pair, vivement : « *De pareilles questions sont tout à fait déplacées !* »

Le pair de France qui interrompait ainsi le défenseur, et intervenait dans les débats, était un ancien ministre de l'Empereur, que nous avons vu depuis plusieurs fois ministre de Louis-Philippe ; il est aujourd'hui l'un des chefs de la coterie royaliste de la rue de Poitiers.

C'était M. MOLÉ. Il vota la *mort* du maréchal (1).

Le 7 décembre, on mène le maréchal dans un endroit écarté, place de l'Observatoire : Ney refuse de se laisser bander les yeux : *Depuis vingt-cinq ans, s'écrie-t-il, j'ai l'habitude de regarder en face les boulets et les balles.* Il ôte son chapeau de la main gauche, et, posant la droite sur sa poitrine : *Soldats,* dit-il, *droit au cœur !* L'officier, les soldats restent immobiles, comme frappés de stupeur..... Un des juges du maréchal, un pair de France s'avance, apostrophe l'officier, prend sa

(1) Voir dans l'histoire des deux Restaurations, par M. Vaulabelle, la liste des votes (t. III, p. 516).

place et commande le feu. Ney tombe frappé de six balles.

La chambre des députés provoque de nouvelles violences, en adoptant des lois sanglantes, en instituant les cours prévotales. Un membre, le prince de Broglie, va jusqu'à demander la peine de mort contre quiconque arborera « *ce drapeau* « *abominable que je ne nommerai pas, dit-il, tant* « *son nom me répugne à prononcer et me révolte.* » C'était le drapeau tricolore que désignait ainsi M. de Broglie, le drapeau de Fleurus et de Marengo. M. PASQUIER (1) appuie toutes ces mesures atroces, et termine son discours par ces paroles que lui, le serviteur de l'Empire, le valet futur de la monarchie de 1830, il devait se charger de démentir : « Oui, nous devons penser « que la maison de Bourbon règnera sur la France « pendant un grand nombre de siècles! Oui, le « gouvernement des Bourbons sera le gouverne- « ment éternel. » Et l'on adopte avec enthousiasme les mesures les plus cruelles contre ceux qui méditeraient le renversement du *gouverne-*

(1) Chancelier de France sous Louis-Phillippe.

ment éternel, tant de fois renversé dans la boue et dans le sang !

De nouvelles exécutions suivent ces fureurs parlementaires : une conspiration éclate à Grenoble. Didier, qui en est le chef, anime les paysans des environs aux cris de *vive l'empereur;* sous ce cri magique se cachent des projets bien différents : Didier voulait frayer le chemin du trône à celui qui devait y monter quatorze ans plus tard, à Louis-Philippe d'Orléans. — Les paysans s'arment et marchent sur Grenoble. Ils sont accueillis à coups de fusil, repoussés, poursuivis, massacrés. Laissons le général Donnadieu, nommé par Louis XVIII au commandement de la division militaire de Grenoble, raconter lui-même cette déplorable échauffourée :

LETTRE DU GÉNÉRAL DONNADIEU AU LIEUTENANT-GÉNÉRAL PARTHOUNAUX.

« Vive le roi ! mon cher général; *depuis trois « heures le sang n'a cessé de couler !* Vive le roi ! mon « cher général; les cadavres de ses ennemis cou-« vrent tous les chemins qui arrivent en cette

« ville. Depuis minuit jusqu'à cinq heures, la
« mousqueterie n'a pas cessé dans le rayon d'une
« lieue ; encore à ce moment, la légion de l'Isère,
« qui s'est couverte de gloire, est à leur pour-
« suite : on amène les prisonniers par centaines ;
« la cour prévôtale en fera prompte et sévère
« justice. »

Le colonel Vautré, commandant de la légion de
l'Isère, écrit de son côté :

« J'ai dispersé les rebelles comme de la pous-
« sière ! J'ai défendu de tirer ; j'ai fait battre la
« charge et j'ai ordonné à mes braves grenadiers
« *d'égorger cette canaille à coups de baïonnette et*
« *aux cris de vive le roi !* »

Cette victoire, célébrée dans ce langage si em-
phatique, si odieux, n'avait pas coûté un seul
homme aux royalistes.

On s'empare au hasard de quelques paysans ;
ils sont amenés devant un conseil de guerre, pré-
sidé par ce même Vautré. Vingt-un accusé
sont condamnés à la peine de mort : parmi eux
se trouvaient des enfants de seize et de dix-huit
ans.

Presque tous sont fusillés : cinq seulement sont

exceptés, et recommandés par le conseil de guerre à la clémence du roi.

Mais ce recours en grâce est repoussé : M. Decazes (2) écrit qu'ils doivent être exécutés comme les autres : ils sont fusillés.

Parmi ces cinq derniers, le jeune Miard, âgé de 16 ans, n'est que blessé à la première décharge ; il se relève, demande grâce... Une seconde, une troisième décharge achève cette boucherie, malgré l'horreur de la foule, malgré ses cris de malédiction !

Deux des condamnés avaient été reconnus innocents par le conseil lui-même ! ils furent exécutés néanmoins ! voilà la justice des rois !

(2) Ce n'est pas sans un profond étonnement que nous avons lu, ces jours derniers, l'ordonnance suivante insérée au Bulletin des lois :

« Considérant que M. Decazes est atteint d'une infirmité grave, contractée dans l'exercice de ses fonctions, et qui ne lui aurait pas permis de les continuer, etc.

Article 1er. — Il est accordé à M. Decazes, grand référendaire de l'ancienne chambre des pairs,... une pension annuelle et viagère de 6,000 francs. »

La générosité est une belle chose ; mais est-ce à la République à récompenser les *services* de M. Decazes ?

Outre ces vingt-un malheureux, d'autres sont guillotinés; Didier lui-même est trahi, livré; il monte sur l'échafaud et déclare, avant de mourir, au général Donnadieu, que la seule preuve « de reconnaissance qu'il pût donner au roi, c'était « le conseil d'éloigner de France le duc d'Orléans « et M. de Talleyrand » (1).

Louis XVIII ne suivit pas ce conseil du mourant : quatre mois après ces événements, malgré la misère de la France, le roi faisait au duc d'Orléans et à sa mère la remise du tiers de leurs contributions.

Pendant ce temps-là, le peuple payait, comme toujours.

Le traître qui avait livré Didier, l'aubergiste Balmain, mourut fou de remords, maudit par tous ses voisins; ses enfants furent obligés de s'expatrier et de se soustraire à l'horreur que leur nom inspirait.

A Paris une association puérile est transformée en complot par le ministère, qui envoie à la mort

---

(1) Dépêche du général Donnadieu, adressée au gouvernement.

Plaignier, Carbonneau, Tolleron. Ils eurent le poing coupé, la tête tranchée; c'était le supplice des parricides; Louis XVIII n'était-il pas *le père de tous ses sujets !*

Nous ne pouvons rappeler toutes les cruautés exercées alors au nom de cette autorité paternelle : citons simplement les noms des jumeaux de la Réole (fusillés), des généraux Debelle, Bonnaire, Travot (2), du général Chartran (fusillé), du lieutenant Mietton (fusillé), du général Mouton-Duvernet (fusillé) (3). Les généraux Drouet-d'Erlon, Lallemand aîné, Lallemand jeune, Ameilh, Brayer, Clausel, également condamnés à mort, avaient réussi à s'échapper. Tous ces généraux, victimes de la réaction royaliste, étaient accusés de *crimes* antérieurs à la rentrée des Bourbons, à l'amnistie si solennellement proclamée : ils avaient défendu l'indépendance nationale contre les Bourbons et leurs alliés !

(2) La peine de mort, prononcée contre ces trois derniers, fut commuée.

(3) Le *Journal des Débats*, annonçant que le général fut confessé avant de mourir, fait cette réflexion : « La mort de *ce grand criminel* a été le triomphe de la religion. »

II

Nous n'avons parlé jusqu'ici que des atrocités commises par les pouvoirs réguliers.

Le nombre des assassinats commis sur les patriotes et autorisés par le silence du gouvernement est infini : nous n'en citerons que quelques-uns.

A Marseille, les royalistes égorgent nos soldats, massacrent la colonie des mamelucks que Napoléon avait amenés avec lui, après l'expédition d'Egypte : femmes, enfants, vieillards, tout périt.

Le maréchal Brune est assassiné à Avignon par une foule furieuse : le gouvernement a l'infamie de faire publier qu'il s'est donné la mort lui-même ; et pourtant ce meurtre avait eu pour témoin toute une population ! son corps est précipité dans le Rhône ; quelques jours après, un jardinier et un pauvre pêcheur trouvent son cadavre sur les bords du Rhône ; ils lui donnent la sépulture. La veuve du maréchal l'apprend, le fait exhumer ; on ramène le cadavre à Paris. La maréchale jure de venger son mari ; elle porte plainte devant la justice ; sa demande est ajournée. Enfin six ans après, vaincue par la persévérance de cette noble femme, la justice se décide à poursuivre ; un des assassins est condamné à mort par contumace : on lui avait donné les moyens de s'échapper.

On raconte que, pendant ce procès, une personne témoignant à la maréchale Brune son admiration pour son indomptable énergie, la maréchale se lève, conduit son interlocuteur dans une chambre voisine, et lui montrant les restes de Brune : « Il demeurera là, s'écria-t-elle, jusqu'au jour où j'aurai vengé sa mémoire et fait punir ses meurtriers ! »

A Nîmes, quelques bandits, dirigés par l'horrible Trestaillon, égorgent les patriotes et les protestants, au grand jour, devant tous, devant les autorités, qui ne font rien pour arrêter le cours de ces implacables vengeances.

A Toulouse, le général Ramel est égorgé; à Uzès, mêmes atrocités également tolérées : le général Lagarde, blessé grièvement, échappe à ses assassins.

Les cours prévôtales vinrent régulariser ces massacres. A Lude, seize malheureux paysans sont condamnés pour avoir *désarmé* un cultivateur royaliste, lors des événements de la Vendée, à l'époque des cent jours : quatre d'entre eux sont guillotinés ; les autres vont pourrir dans les prisons ou au bagne.

A Montpellier, la cour prévôtale condamne douze gardes nationaux, coupables d'avoir dissipé un attroupement royaliste quelques jours après Waterloo : cinq sont exécutés le jour même du prononcé de l'arrêt; le bourreau, moins expéditif que les juges, ne peut être prêt qu'à neuf heures du soir. Les condamnés furent guillotinés à la lueur des flambeaux. « L'un d'eux, dit le *Jour-* « *nal des Débats* en rendant compte de cette exé-

« cution, l'un d'eux, le seul qui eût obstinément
« refusé les consolations de la religion, déjà placé
« sous la hache fatale, a fait entendre *le cri in-*
« *sensé de : Vive la République !* »

A Carcassonne, M. Baux et deux autres citoyens sont condamnés à mort : le prévôt Barthès les accusait, ainsi que plusieurs personnes
détenues comme eux, d'un complot *d'éva-*
sion, etc. Deux heures et demie après le
prononcé du jugement ils étaient exécutés. Au
moment de mourir, Baux aperçoit le prévôt Barthès à quelque distance de l'échafaud : « Pré-
« vôt Barthès, s'écrie-t-il, Dieu vengera notre
« mort! Je t'appelle devant lui! Tes collègues et
« toi vous nous suivrez de près! » Le soir même,
le prévôt Barthès est saisi d'une fièvre chaude ;
sa raison s'égare ; il meurt peu de temps après.

Les valets du bourreau avaient refusé de l'as-
sister : l'exécuteur avait été obligé de s'adjoindre
un portefaix du port, qu'il séduisit à prix d'ar-
gent... Cet homme, objet d'horreur pour ses com-
pagnons, qui lui défendent de jamais les appro-
cher, est saisi de remords, il se précipite le soir
même dans le canal du Languedoc.

La présence des alliés avait augmenté la consommation des grains et fait naître la disette : de là quelques troubles; de là de nouvelles condamnations. A Sens, à Montargis, des exécutions sanglantes..... Nous ne parlerons pas de tant d'autres supplices qui marquèrent cette odieuse époque.

Nous sommes obligés de nous arrêter; que les générations nouvelles interrogent les générations précédentes; chaque département a ses souvenirs, chaque ville eut ses persécutions; et toutes ces cruautés n'avaient même pas, comme celles de 93, l'excuse du désespoir, de la nécessité de résister à l'Europe armée, aux ennemis intérieurs soulevés : non; l'Europe campait alors sur nos places publiques, tenait garnison dans nos villes, et protégeait ce gouvernement infâme, qui se vengeait si lâchement.

Quant aux persécutions non sanglantes, elles furent générales, infinies, aussi lâches que ridicules. On estime que pendant la première année de la Restauration *soixante-dix mille* citoyens furent incarcérés, *cent mille fonctionnaires* furent successivement destitués.

Terminons ce récit d'horreurs par quelques détails moins repoussants.

La réaction royaliste eut son côté burlesque. Qui ne connaît la condamnation du sieur Mangin, clarinette dans la garde nationale d'Orléans, accusé *d'avoir joué les airs chéris des Français* (les airs royalistes) *avec peu d'enthousiasme et une mollesse qui peignait son mécontentement?*

Velu, capitaine de cavalerie en retraite, est cité devant la cour prévotale de Villefranche, comme *prévenu d'opinions suspectes* : il est accusé d'avoir appelé son cheval *Cosaque !* — « Comment, lui dit le juge, avez-vous pu donner à votre cheval *un nom cher à tous les bons Français?* — « Je l'avais acheté d'un officier russe, répond le capitaine, et je l'ai appelé cosaque, comme je l'aurais appelé normand, s'il eût été normand. — « Vous deviez cependant savoir, s'écrie le juge, que *c'était outrager un peuple au courage duquel la France doit en partie le rétablissement de l'autorité légitime?* » Le capitaine Velu est reconduit dans sa prison : il y meurt bientôt du typhus.

A Aix, M. Christine, vieux militaire retraité du 45e de ligne, s'arrête un jour au milieu de plusieurs personnes, devant une boutique où l'on montrait des figures en cire, parmi lesquelles se trouvait celle de Louis XVIII; une autre personne survient et demande : *Qu'y a-t-il là?* — « *Ce sont des marionnettes,* » répond M. Christine. Cette réponse est recueillie, dénoncée et transformée en outrage contre l'auguste monarque. Le 22 octobre 1816, le tribunal civil d'Aix condamne M. Christine à trois mois de prison, 50 francs d'amende, à la privation du dixième de sa retraite pendant lesdits mois, à la surveillance de la police pendant six mois et aux frais du procès:

« Comme coupable d'avoir porté atteinte au « respect dû à la personne sacrée du roi et aux « membres de sa famille, en disant à haute voix, « à l'occasion d'un spectacle où l'on annonçait « la figure de sa majesté Louis XVIII en habits « militaires : *Ce sont des marionnettes.* »

Les royalistes ont-ils été, dans leurs vengeances, plus ridicules qu'atroces, ou plus atroces que ridicules? On voit que la question est embarrassante; et nous n'avons pas la prétention de la résoudre.

... ... en matière politique.
(CONSTITUTION DE 1848.)

Nous ne pousserons pas plus loin ce récit
abrégé des premières cruautés de la Restauration ; nous ne rappellerons pas tant d'autres
exécutions qui suivirent, entr'autres celle des
quatre sous-officiers républicains, connus sous le
nom des quatre sergents de La Rochelle... Il
suffit d'avoir rappelé brièvement les premiers

actes par lesquels la monarchie restaurée inau-
gura l'année 1815, année de douleur pour la
France, de joie pour les royalistes et les étrangers!...

Ce furent là les étrennes que les Bourbons
donnèrent à la France; la France les leur a ren-
dues le 29 juillet 1830 et le 24 février 1848.

Et maintenant, Citoyens Électeurs, c'est à vous
de comparer le rétablissement de la royauté en
1815 et celui de la République en 1848.

En 1815, la royauté s'annonce comme un gouvernement paternel, et, à peine installée sous la
protection des baïonnettes étrangères, elle fusille,
guillotine, exile, emprisonne.

En 1848, la République, longtemps représen-
tée comme un régime de sang, pardonne à ses
ennemis, et débute par l'abolition de la peine de
mort en matière politique; c'est ainsi qu'elle se
venge de tant de calomnies.

Jugez l'arbre par ses fruits; jugez par leurs
œuvres les royalistes et les républicains, et
qu'aux élections prochaines notre cri de rallie-

ment soit celui-ci : **POINT DE ROYALISTES,
VIVE LA RÉPUBLIQUE!**

*(Extrait de l'histoire des deux Révolutions, par
M. Vaulabelle.)*

Eugène **DESPOIS.**

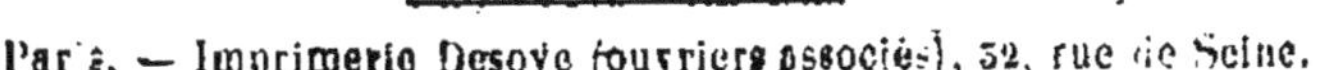

Paris. — Imprimerie Desoye (ouvriers associés), 52, rue de Seine.